当代诗人自选诗

象:十三辙

木叶——著

中国书籍出版社
China Book Press

图书在版编目（CIP）数据

象：十三辙/木叶著. — 北京：中国书籍出版社，2019.4
ISBN 978-7-5068-7284-3

Ⅰ.①象… Ⅱ.①木… Ⅲ.①诗集—中国—当代 Ⅳ.①I227

中国版本图书馆 CIP 数据核字（2019）第 080191 号

象：十三辙

木 叶 著

图书策划	成晓春　崔付建
责任编辑	尹　浩
责任印制	孙马飞　马　芝
出版发行	中国书籍出版社
地　　址	北京市丰台区三路居路 97 号（邮编：100073）
电　　话	（010）52257143（总编室）（010）52257140（发行部）
电子邮箱	eo@chinabp.com.cn
经　　销	全国新华书店
印　　刷	三河市华东印刷有限公司
开　　本	880 毫米 ×1230 毫米　1/32
字　　数	75 千字
印　　张	6.5
版　　次	2019 年 7 月第 1 版　2019 年 7 月第 1 次印刷
书　　号	ISBN 978-7-5068-7284-3
定　　价	42.00 元

版权所有　翻印必究

镜像与障碍（代自序）

就整体而言，诗人们的集体写作，留给后人的是一个时代巨大的、以复眼形式存在的诗歌镜像。在这个镜像里面，世界浮动，个人以及一切人———一个时代有可能的想象，毕现无遗。阿多尼斯说："当世界上的一切已经无法用语言表达的时候，只有诗歌像爱情一样，可以表达最深刻的本质……"这里，足以看出诗人阿尼多斯对于诗歌的珍爱："只有诗歌像爱情一样"。问题同时也来了，姑且不说诗歌，"爱情"又是什么，它表达了什么样"最深刻的本质"？阿多尼斯当然是伟大的诗人，但这不妨碍我对他的论述心存几丝疑虑。在我看来，一切拔高"爱情"的言说多少总体现着言说者的一厢情愿，那么拔高"诗歌"是否也同样如此呢？对于"本质"的探求与追索是人类永恒的冲动，然而在短暂的有涯之年，谁人见到以及经历的，不是极其有限的世界，包括情感与远方？

之所以这样来展开问题的探讨，在于到了一定的阶段之后，几乎每个诗人都会难以遏制地试图去言说艺术的本原，正如我们当中的大多数人，都会在人生的途中，自觉或不自觉地去探求"爱情"的"本质"一样。爱情留给此生的肉身的，终将是一笔糊涂账，然而正是在这笔"糊涂账"当中,爱情彰显;诗歌同样如此,它留给时代的同样也将是一笔宏富的"糊涂账",也正是在这当中,诗歌彰显。

那么,姑且假定"本质"的常在,你的诗歌"镜像"又是否如你所愿地表达了或者正在表达"本质"呢?或者说,阻碍你的诗歌"成像"的究竟有哪些因素呢?

对于现代汉语诗歌写作来说,首先要抛弃的是对于"镜像"的最基本的偏见——当用古代诗歌来观照的时候,对于分行排列的、当代语言写就的诗歌的阅读上的不适感。至少就我来说,古代诗歌和现代诗没有任何区别,它们都是立于各自时代的"镜像"。比如,"吃饭"这个行为,东方人用筷子,西方人用刀和叉,但就"吃"这一"本质"而言,显然是无差别的。

其次,这当中最通常也最容易被读者抱怨的差别:似与不似、真与幻,难道不是主要出自观察者的眼光吗?无论诗人声称"及物""在场",还是热衷"通灵",但事实上,他们既不可能做到全面的到场,又永远离不开这粗鄙世界的"吃喝拉撒睡",因此,"及物""在场"以及"通灵",都是极其有限或者说是相对的说法。倒是"身在曹营心在汉"式的心不在焉或者说另有所属,是诗人在创作中的普遍状况。你在此时此刻,但同时你又并不在此时此刻;你只不过是被你所"成像"的工具——语言裹卷,送入诗歌所假定的光影深处,成就烙有你自身深刻痕迹的镜像。在一定的程度上完全可以说,语言里面就有着全部生活的秘密。甘于被语言裹挟是诗人的宿命,这不能说是什么坏事情,当然也谈不上一定就是好事情,它在铸造一个诗人的同时,又无时无刻不在限定他、钝化他。这种认知,不一定非得是艰深的维特根斯坦的,或者时髦的"量子纠缠"的,它只是点明了一个基本事实:万事万物,在我之前,已被悉数命名,几无余地;在我此时,耽我之生,我又欲重新命名之。

这种"欲重新命名"的冲动,来源于有限的个体生命所体验的新奇感——新奇意味着未知的广泛存在,有时候也就是出于无知。因此,镜像天然的总是失真的。然而,向"镜子"吁求"本真"之"像",是人类固有的执拗与冲动,对此完全可以理解,但诗人不一样,诗人在探求"真"的过程当中,还能领略"失真"之趣——取其"魂",真总是近似的。或者说,不真之"真"正是艺术。

无论你潜在设想或希望的、蕴藏"本质"的"镜像"是什么样的,你首先需要找到一把好"镜子",以期待烛照幽微,反射或折射出新的光。显然这种念头在坚硬、庸常的每一个"当代"都会多少有点不切实际,然而这又正是诗人的可贵——明知不可为而为之。已知可用的"镜子",如"现实主义"的"镜子"、"浪漫主义"的"镜子"以及二十世纪以来眼花缭乱的"现代"的"镜子",它们都曾经管用,现在也仍然管用,而且无论哪面"镜子",所成之像,都必定是庄严世界之"一"像,彼此之间,再怎么互相辩难、嘲笑乃至轻薄,本质上却谁也驳不倒谁。或者说,所有的镜像都是成立的。例如,表达必然至少有两种:一种是"1+1=2"式的,明确、坚定、简洁;第二种是偏不说清,"壮士拂剑""漏雨苍苔",欲说还休,弯弯绕,最终让人明白,原来"1+1"正等于"2",不多不少,不减不损,恰恰好。

障碍还在于你手持"镜子"的姿态。人总有最基本的两重困惑："镜子"究竟应该向下，浸入生糙的、毛茸茸的生活，还是应该转向浩渺的头顶之上与肉身之内的星空，追寻形而上的幽微？显然，二者都是迷人的，也都是困难的。不幸的是，这两个目标或者说抱负，注定都不可能得到完美的实现。阻隔"镜像"圆满的原因，除了你的"姿态"，更存在于更加广泛的时代限制，对此我们可以点数：语言的、时代艺术技巧积累的、个体生活经验的，诸如此类。这些对于一个诗人而言，几乎就是他的宿命。

虽然说到底还是要从手持"镜子"的人本身那儿找原因：看世界是何、如何，本质上取决于你是何、如何。然而，诗歌天然"邪恶"，就像音乐，或者说"爱情"，始终在诱惑着我们，以它所谓的"最深刻的本质"。为了战胜这"邪恶"，你需要一把更好的、最好是全新的"镜子"，以突破种种无以名状的障碍。

木　叶

2017.11.12

目录 / Contents

001　镜像与障碍（代自序）

空　言

002　"杖藜扶我……"
004　旧　画
005　散步所见
006　"咔哒咔哒"的声音
008　布　吉
010　星期五的下午
012　方科长
014　诗　云
016　在远洋广场

018 稀释的老郝
020 月亮生出的地方
022 读哲学也是空言
023 小银和我

绕

026 看江西的雪的途中
027 销售人员
029 说"早晨拧成了麻花"
031 灯在房里亮了一夜，像个瞎子
032 璧　山
034 在一座陌生县城的垃圾桶旁
036 当光粒子撞来……
037 放弃吧，银子
038 《梦溪笔谈》
040 《古诗源》
042 《大代数》

居　巢

046 夹心饼干
048 美好的事
050 要高于，而不是低于
051 "不就不就……"

053　开封寺的下午

055　并不罕有的悲伤

057　事物中有无限

058　约等于一

060　平常的景色

062　居　巢

063　当大事

065　昌　南

067　"冷""异常"的清明

假　日

070　土菜馆中

072　去六安

074　拟聚园

076　傍晚的声音

077　匡河的水与樱花

079　张美丽

080　裂的墙

081　木质象棋

086　拟罍街

087　恍惚的"瞬间"

088　诗　学

桃 枝

- 092 我无法和你讨论新年
- 094 包　裹
- 096 不同质的表达
- 098 铁　花
- 100 当鸥鹭飞起
- 101 仅有诗歌是不够的
- 103 成就于秩序，毁弃于秩序
- 105 在韵律中
- 107 事　实
- 109 找出了许多……手法
- 111 戊戌之春
- 112 我们互道"新年好"

我 们

- 116 "点都德"
- 118 裙子和套装
- 120 我讨论的是……
- 122 时代抒情
- 124 科大里的咖啡
- 126 患晕眩症的梓树
- 128 手绘落日的人
- 130 丁氏牛杂馆

132　测树学
134　被要求如蜜蜂般……
136　文明旅游出行指南
138　"锄禾"
140　删除的意义

州　府

144　长城故事
146　白鹭回
148　山中蚁
150　须　弥
152　库布齐
153　复杂的叙述
155　景云寺
157　拟周瑜
158　拟孟姜女
160　在歙县
162　旧山水之源
164　谓尔羊头
166　团　圆

十三辙

170　发　花

172 梭波
174 乜斜
176 一七
178 姑苏
180 怀来
181 灰堆
183 遥条
184 由求
186 言前
187 人辰
189 江阳
191 中东

空言

"杖藜扶我……"

首先拆解出"风"。尘埃如"野马"般漂浮,点点

起伏,在浩瀚的宇宙。作为一直孤单的地球,
实际上

无力流浪,能量远远不够。

但你在引诱我。植下"杨树"和"柳树",
　那银杏和水杉呢?
还有槭树和外国来的无花果树,

它们必然和我一起,共有这个"地球"的

全部德性。少年时期,
正月的夜晚,白天看起来不可移动的、
　屋场西头的枞树林,

静悄悄地"自我耗散",

伴着啁啾的鸟鸣。没有风,月亮升起来后,冷不丁从中还会传出孤单的争执声。

2019.2.15

旧 画

表达过的

主题,如灰翅斑鸠、大明朝的江南,
 一拓直下的枯寂流水,
不见了。他们要求我

越简单越好。

墨落纸面,无非黑
与白的比例,我管控不了,

这杆毛笔正身处它所独有的青春期。

从柜中,他取出残破的旧画,说
出自老家的收藏,我知道,那是市场里弄的老孙

做的旧。

2018.8.21

散步所见

在秋天,树竭力放大自己累累的伤口,
直至来年,伤口

能够被称为花。

树弯曲成
栋梁或拐杖,

层层的树叶,已无法再缩回树的体内。谁

能够确证自我的漫长生长,又如何确证
还有一个自我

曾被自身之兽拱动过?

2017.10.26

"咔哒咔哒"的声音
——托马斯·温茨洛瓦获奖的感言

在早晨,建筑机器单调的声音,从
装潢很好的窗外

挤进来,如街边榕树一边缠绕、一边下垂的气根。

和世界上所有的声音都没有区别,
"最后,我

祝愿你的国家万事如意"。温茨洛瓦的感言

显得多么老。
他八十多岁前的

祖国,此刻,就着这江水与泸水,

不知道会不会猛烈地再燃烧一会儿,像伏特加,
或者一截

寒温带的木柴,发出湿滋滋的声音。

2018.10.18

布 吉

布吉在世界的另一处栖息。

她和我隔着菩萨和神像、
拼音与繁体汉字。太平洋不动声色,赤道灼热

如一首刚刚写就的诗。

深山寺庙的早晨,我紧裹冬衣,跟在
一群僧人的后面诵读经文;

布吉赤着夏天的脚,

跑来跑去,她身后,沙滩明朗,好像铺了一层炼乳。
她看不见我,除了棕榈树、

掠过头顶的航班,

哪怕顺丰快递转达的呼吸已经分不出国界。
月亮在头顶旋转如巨大的孤独。

逐渐变冷的月面上，中国的嫦娥

是否还在眺望着长城、古代的武夫和外国的生活；
是否会忧郁地对吴刚指点正在缓慢移动中的雾霾？
　　布吉说，

她手里的书上，完全不是这样说的，

玛雅人口口相传，潮汐临近，
可以用一根撑杆，飞掠而起，撑过

广袤的太平洋，

还可以在弹起的一刹那，用足心中的意念，
顺势来到嫦娥的面前。

2016.11.12

星期五的下午

同济大厦把它里面的办公室兜朝底翻出来,
　　一间、一间地
推了出去。

脸蜂拥着脸。

惯性中的电梯僵硬如保安的制服,
下午的六点钟,卡在门口,薄薄地,

与门外的人群、汽车群……

"人类将在公元2600年前消失。"手机里,
访问、枪击、诈骗以及霍金预言,

不断跳出。"技要进乎道,

否则飘在大街上，人们只能暗中相互攀比。"
你呼出一口气，

五天来，你制造了三把锁，

一把纸质，一把肉质，另一把
正急速耗散成尘土。

归家的公交车上，你猛地跳起来——

一场莫名其妙的人类大笑，在这个被压缩得
　　很紧的空间里，
伸出它毛茸茸的大舌头，重重地舔着车首的司机。

2017.11.8

方科长

"每个案件都有常人看来难以理解的种种阴差阳错,充满不可思议",刑侦总队的

方科长,对我描述,

让我对正在阅读的这本小说细节运行的过于顺畅,
　　不再不满意,
也对同济大厦六楼楼道里

发黑的旧灯泡,重新有了认识。高架桥扭曲着,

汽车使劲地来来去去。"有什么蛛丝马迹?"
　　我跺了跺脚,
无知涌到了喉咙口,

它们要蹿出来,以证实

遗忘乃出自人为的虚构。"方科长，
你现在说的这个案件，共由多少人、多少事组成，
　　占据了多大空间，又

持续了多长时间？如果现在全城停电十分钟，
　　你停止讲述，

时间的泥沙胡乱冲刷过来，它
将会堰塞多久？等到一些可能的方向重新开始生长，

你在摸索中，看到的又将会是怎样的一幅没有
　　关联的玩耍图？"

2017.11.9

诗　云

诗云要开会。

云约在一起开会。各种云，分别有
百度云，阿里云，云南的云，茅下之云与茅上之云，
心云与皮云，不动之云与快如鬣狗之云，
积状云与硫酸云，二次云与十八般武艺之云，

列队之云，乖若
叮叮当当的酒瓶排列在一起之云。我有上好的嘴唇，
　　漏斗般的胃，

主持人笑得迷人，
会议即将获得成功。传说中云的公式
正待被推导出来，不料，一个贪心的、
　　叫"子曰"的中年人，猛地蹿上前，
一口将话筒吞进肚子。

——又不是真喝酒，为何如此积极？一团云，就这样被迫在会场中，打着低气压的旋儿。

2017.11.15

在远洋广场

"起航了……"郑和的声音,想必你曾耳闻:
"不可陷入语词的

空转,要备好我们的货物以及礼仪。"

从窗口望出去,近旁是远洋广场,
往上是吞吐的码头,滔滔不绝的黄浦江。

"一日践行一德,以消除持久的陌生、疲乏与忧虑,

辽阔的远方土地之上,处处
生长的,也无非都是人心。"

我在宾馆门口的路灯下独坐,行人不多,

电动车一闪而过。没有人打算停下来和我攀谈,

也没有人注视我,轻声细说:

"那时辰已经到来,莫轻易打搅这夏日缠绵难尽的
　宁静夜色。"

明天,研讨会的主持人,
将和我一同沉湎在"长河落日圆"的壮观之中。

2017.7.11

稀释的老郝

升降机前,
即将下井的老郝和他的同班,穿戴整齐,头顶的

矿灯,雪一般亮。

后来在坍塌所成就的南湖边,我抽烟,等待
即将离去的班车。矿泉水瓶

滚动个不停。

我怕他们会猛然翻过身来,
纷纷和我招手。

地质博物馆里,
一块乌金般的煤,此刻才是真正的静物。
　　当铲车横进它的腰身,

好吧,你来,你就是

正在凝结中的尖叫。

2017.9.24

月亮生出的地方

触碰橱窗玻璃也等于触碰一个世界。那酒鬼不理解,他耽在酒店门口,号啕大哭,

他的家人呢?

若据此攻击心中早已破败的江山,真是失算。
  在"壹招鲜",
世界在酒杯后面,"咔嗒"一声落下,

生出新鲜的月亮,如婴儿。

"怎么可能再次回到本初的、无知的爱……"
  你各种的笑和哭
暗示各种样式的生活,

我今晚步入酒店的动作必定只是其中渺小的一种,

远不如教我小学一年级的沈老师，来自上海，归于
泡泡糖、胶鞋，最终和课堂上一场猛烈的贫血一起
　　踉跄着猝然摔倒，

更没有美感。

切莫误会，今夜不过有一场寻常的月全食。当
世界允许你娇气，会

附带太多你日后才会晓得的、无法承受的要求，

哦新生的月亮，哦难堪的醉酒；看，今夜万古的抒情，
既轻柔，又轻飘。

2018.1.31

读哲学也是空言

滑竿欲立其本心,可否?黄鹂
欲飞离杜甫,又可否?

譬若满山的乱坟,

都已被、正被、将被修葺一新,或者铲平。
　　我有石头,石灰,石
房子,石呜呜的风声,

制造心脏的技艺很经济。紧张的跳跃

属于据说不能开化的猿与猴。嗯,
文明的哲学如是说:仓廪实,杂物备,手机三四部,
　　牛仔裤七八条,飞矢

可以不动,而万物终将被不礼貌地催促着上路。

2017.11.16

小银和我[1]

自来水太凉，城市的
骨头又太脆。毕竟，只是一些加料的钙

在支撑着它。医生抬起眼睛，

认真地说，虎口的纹路，太乱。说的是
这个酒瓶脖子吗？

度数确实很高，
已到了下半夜，青春会被初生的白霜——召回。

医生也在被召回。饭店

蹲在城市的灯光当中，犹如昔日糜烂的码头。车辆往来，

---

[1] 希梅内斯.小银和我.北京：人民文学出版社，1984.

不得不归家的人,不情愿地上岸。

有何生意可谈?

你的眼神在暗示,
已经很晚了,塑料的医生、酒客、经理们,

在斑马线上,被指挥得趔趔趄趄。

2017.11.10

绕

看江西的雪的途中

"往日,紫阳镇并不大,若从镇外的码头仰起身子,

可见面貌难辨的山岭、略带土气的乡村神仙,
运气好的晴天,还可

俗套地看到'日照香炉生紫烟'。"
　　紧跟湖北来的道士们身后

道班工人正在往路上的雪中掺入工业盐,
——这人造的粗砺雪粒,

费力地翻动在不断扬起的铁锹上,彻底废弃我
　　一颗欲炼丹的心。

2018.1.26

销售人员

她们一字排开,忽又两两一起,翩翩起舞。二维
码在暗中闪烁。台下,有人打出

一个激动的、金花和银花缠绕的呼哨

暴露出城乡结合部的出身。灯光时而舒展,时而扭曲,
像音乐厅外趔趄的街市。

"送你一条街,

如果愿意扫码的话,"那人镇定自若,上前一步,
向路过的人殷勤地推销:

"还不满意?再赠送满满两个白天、三个夜晚。"
　　茫然听着

这匪夷所思的销售，我偷眼看他夜色中不断弥散的表情，精致、热情、让人欲罢不能。

2018.1.18

说"早晨拧成了麻花"

早晨就这样拧成了一股麻花,带有隔夜的陈旧味道。
空调也是陈旧的。那么是

因为空调,还是因为空调里的人?

"年轻的时候,我从未和自己
平等过。我原以为能诱惑出一个崭新的时代。"

她微启猩红的唇。

不过实际上她什么都没说,
正奔向离她最近的菜场、早点铺,或公交站台。

头顶上,乌蒙蒙的天,正在软化。

"四九第二天了,"他咕哝。一场零星的雨

下得不明不白,

而抱怨"早晨如麻花"更是不明不白,

"包子""油条"、"剪刀""锤子",哪一种说法里,不都
曾有着作为存在的一番好意?

2018.1.19

灯在房里亮了一夜,像个瞎子

被延展的,宛若锡箔,又平、又静,缺乏空间;
被掐灭的,则如烟蒂,

昏昏沉沉的今天和昨天,

小说在捉弄你,里面的情节可能是因为浸了水,
　　　不断膨胀,直到主人公
成为漂浮于大海之上的木乃伊。

灯在房里亮了一夜,像个瞎子。

2016.11.5

璧　山

汽车急剧地刹车，路边岩石
凝然不动，无论旁边的草与叶怎样乱颤。

你曾说过的那些话，在线性的时间里，

注定不能久留，
甚至这璧山也不能久留，

因此被缓慢地写进一本书中。

跃入书中的麂子，将不得不陪同杨树和古人的草亭，
逐渐泛黄。

生生不息的璧山下，

木讷的镇子，

碍事的岩石，

密密麻麻的蒿草或无望的萤火虫。

记得在上山时，有一处拐弯的地方，
当光阴被逐渐注入空间如同又浓又稠的山雾，

你听见汽车有些惊惧地按响了喇叭。

2016.11.22

在一座陌生县城的垃圾桶旁

墨绿色的
垃圾桶站在阳光里。带着斑驳的垢渍,

像陌生年代的邮筒。

城管在附近转悠,让我担心
会不会趁我不备,把我扔进去,

这将会很难看。

烂菜叶子,
在暗黑的桶中,发酵,排出气体,

但此刻我坐在火车站旁的

小饭店里,很多种外省的热闹,

如倒悬屋檐的咸鸭子，边滴滴答答，

边凝出疏松的

硝盐。唉，阳光结晶之后，种种平淡的
脏兮兮。

2017.11.5

当光粒子撞来……

当光粒子纷纷撞来，你正在墙上画镜子。你为此已经
画了四十多年，变幻过多种手法，

改造过好几堵墙，以便

能够更加适应纷扰的光线。
始终只是半成品的镜子当中，曾出现过几枚当代的钉子，

它们后来都被膨胀螺丝稳稳地定住，挂上衣帽、
　　围巾、废弃多年的行李包

诸如此类足以证明你存在的物什，
除了无从显迹的镜中人。

2017.2.14

放弃吧,银子

我说,放弃吧,银子。我说的时候,银子是一匹
踩踏在进口的美国旧电影的胶片里的白马。

我说,沙漠里别说扶持什么,

他人缓慢地长成。穿着无论华丽与否,
 你都不会看见他胃壁的褶皱,
不会看见他曾经破碎过的背影。

因此我说,放弃吧,银子。我说的时候,

初春的樱花开放得
如夕阳下的银箔打制而成。

2017.3.8

《梦溪笔谈》[1]

退处林下,深居,一溪宛转而从。
昔日,娘子曾在溪岸边的竹林里左顾右顾,
　　谓我功名阻隔,

实因天上的彗星过于摇摆所致。

"谷中大小水冲激,沙土尽去,唯巨石岿然挺立"……
　　北宋的
岳阳楼正加紧建筑,大江东去,

确实载不完元丰五年的忧和愁。春和景明,
梦溪上下,鱼和虾以及青蛙都在忙碌,

你一边安静地观看,一边继续指责苏东坡,

---

[1] 沈括著,金良年校.梦溪笔谈[M].北京:中华书局,2015.

你还需要等待一个叫李约瑟的英国人来对答，但现在不合时宜，天文、地理、为官之道都是浩茫的学问，

此后，溪水继续迸绽近千年，多么宝贵。

2017.3.18

《古诗源》[1]

站在这帧被倒置的青绿山水图册面前,他无限满足地
详加欣赏,对着弟妹,指点

通常容易忽略的左下方,林中道旁,
一鹤,一渚,一渔船。

回想早先那些乡下的表兄妹们,去东莞打工,
曾经走过的弯曲山路;

在腊月里归家,错落起伏的屋宇边,
艳阳阵阵,一轮红日在山梁上高照。

"哥,你现在是文化人了……君乘车,我戴笠",
他轻轻"嘘"了一声,却并未能止住

---

[1] 沈德潜. 古诗源[M]. 北京:中华书局,1963.

劳务市场人头攒动的二十年前,日暮风吹、叶落依枝。①

2017.3.20

---

① "君乘车,我戴笠",出自《越谣歌》;"日暮风吹,叶落依枝",出自《青溪小姑歌》。

《大代数》[1]

过于光滑的公式日益让你厌倦。学校[2]
变身为人气蒸腾的商业街区,里面有一家名叫
　　"贤人堂"的茶楼,

春山如此揪心。

此刻你正和一场交谈纠缠着,走向昔日教室黑板上
曲线紧绷的代数之美。

能够看见谁,陈文,行畅,还是为松?满天
变幻的未知,

骨头一根一根剔除,

---

[1] H.S霍尔,S.R.奈特.大代数[M].北京:科学普及出版社,1985.
[2] 安徽省宿松中学。

你被引领着,渐渐代入
衣着讲究,举止谦恭,远不能和青春时代明确的
　　简陋相比。

2017.3.20

居 巣

夹心饼干

每日的所见,像塑料食品袋一样,崭新,
但不新鲜。

菜场

批发中的食材,城管、莫名其妙的洒水车与收税员,
　　讨价和还价,
乃至拌嘴,让一首

一次性的诗飞快生成,

其中夹有:社会,拟人的自然,真实可信的
欲望。你不得不赋予

被费力撑开的种种局限

以意义，
像你曾不得不在同济大厦楼下的五金店里

为自己配上不同的钥匙，

以适应不同的门。
亲人们尚在租用这座公寓楼里的房间，兴高采烈地

打造最终能够属于他自己的棺椁，

用尽巧智，
比如蓬松的泡沫粘合剂。

2018.11.21

美好的事

想起一些正在发生的,美好的事,如:杜鹃花就要开了,
　　　湖边的
西风禅寺,离宿松也近。

再如热心的天通禅师

演说来历给我、国彬和竹峰等人一起听。主要的来历有:
这湖,这城,这寺。

后来,从黄梅县远下广东,慧能说,
　　　"不是风动,不是幡动,是仁者的心在动。"

"仁者现在都在哪里?"从不抽烟,一头卷发的竹峰,
　　　展览室里

忽然朝向我摸出一支烟,低声说:

"木叶，我给一支烟给你。"连国彬听了都很意外。
是啊，意外的，
又何止是寺外哗啦啦的湖水。

2019.3.18

要高于，而不是低于

齐耳的短发，把听觉

裸露在芜杂的空气中：公交车报站，邻座的老人打喷嚏；
耳机中逐渐生成一单生意。

万籁齐发的

早晨，刹那间多么简单。只需要短头发或长头发，
　　就能自如地
揭开或者关闭今天的生活。

迈开步子，走进中央空调仍在不适当地开放的
　　办公大楼，他想
没有人当真会去丈量这条街的宽与窄，

明天将是国庆长假的第一天。

　　　　　　　　　　　　　　2018.9.30

"不就不就……"

十六周月还不满的幼儿,正在模仿她姐姐的言语:
"不就不就……"

我不懂。她继续稀里哗啦

摇晃铅笔、钢笔帽、碎纸片,以及气球,接着说:
　　"掉,掉,掉。"
这我倒是明白,有一个她的,身外的"物",

掉到了地板上。

她转移兴趣,找到属于自己的小鞋子,
费力地拿起来,

戏弄。

明确的、物主所有的意识,直接而又简单,
她的心脏是她自己的。

因此她看见"掉",她能够欢快地"不就不就……",

稚嫩得
好像陈旧了四十八年的语言,浸在今天早晨的雨水中,
　　都要展开新叶子。

2019.2.19

开封寺的下午

脉脉温情的制度里,善知识,你所深究的

蝴蝶翅膀的扇法,
被众弟子悉心照搬,形同抄袭:要气韵生动,
　　要骨法用笔,

要把日日修炼的

墙外矮草丛中的飞行,都画入梦中。
因此我的诗不得不掺入蜜、叫做"辛夷"的一种草,还有

葱条、未开化的辣椒,以示分别。

……回忆"爱"是难的。凡能够回忆起来的,
必是变化过后的。善知识,

生活不可能常如你昔日所愿。你看标本墙上，
　　钉死的一张张蝴蝶，
和钉得死死的，它们往日

也许气韵生动，也许气喘吁吁的飞行。

2018.3.19

并不罕有的悲伤

一种叫作"悲伤"的东西,猩红色,略微俗气,

如晾晒中的、松松垮垮的红裤子,

上面布满时光的斑点。这原本无需我去认同,
　　但是它们都声称自己
绝对独一、无二,

好像巴黎、浮桥、乡下的栀子花,从未存在过。

现在,全部的生活,"你"的和"我"的,
　　都散开来,在餐厅
橘红色的灯下打盹,

不愿去听过于夸张的个人悲伤。

罕有的情节，以前曾出现在镇上电影院里。那时候我不知道它们都是书写出来的，笔

被掌握在灯盏之下。

2019.2.20

事物中有无限

哪一具肉身的长成,不经过

漫长的和合?我们
被要求讨论一家改版的杂志今后的发展,在官亭。

多好的地名,揣着各自的匆忙,字斟句酌地,

比附此刻的光阴。
真是为难,浪漫本质上出自比附,这世上

从无不现实之物,

官亭的樱花、海棠、湖水与鸣禽,以及
这本杂志,皆如此。

2018.3.25

约等于一

不是现实。关于"一"的轻率感知

主宰了他的鼻子四十余年。"你我偶有
短暂的面面相觑,

不过因为梦境过于冗长,

而春宵又如此之短。"
一只蜻蜓长久地停留在青萍之"一"上,它的翅膀

微微闪亮。岸上的人们匆匆地路过,

——这整个白昼都有可能小于"一",如果
抽走匡河边城管们的闲聊、蛙鸣、近处抵伏在
　　一起的恋爱、

高压电线下嗖嗖抖落中的樱花。

2018.3.28

平常的景色

一块花岗岩和一块封建朝代的
城墙砖。

对了,我忘了说,包河公园、拉芳舍以及刘铭传与
　　李鸿章之府。

显赫虽然短暂,如包河之中,每年都
层出不穷的莲叶。

一只翡翠湖边的鸟,鸣叫,

不知是向湖边的工业大学,还是正对着
湖首的迎宾馆,张望。

对了,我忘了说,翡翠湖、三联学院以及幢幢新建的

古怪商厦和住宅。
但我确实忘记了遥远的合肥县，

我还忘了那花岗岩上的精致文身，以及城墙砖上粗拙的

"丙辰造"，那是
笔画凌厉的古代汉字，我正在练习。

2018.3.28

居　巢

放在以往，是巢县之"巢"，乱柴皴披于湖边，
"往事"皆已不能见。

"往事"有无穷的变种，

其中一种，是我的心一点一点地变硬，骨头
逐渐碎成巢中枯枝。

——清晨，青柠檬宾馆附近的集贸市场里，

鸟鸣低枝，人声争执。但若在
秦朝和汉朝，此地离城池尚远，只有湿地中的各类声音

竞相迸发出的，无边寂静。

2018.4.1

当大事

夜深时,仍然有人在寂寞地聊天、有人在胡乱打牌。

你说,要盯牢眼睛读一千本小说,方能学会
　　平视这个世界的褶皱部分。
打扮一新的悲伤,忙碌地进出这户人家,

此时空余几粒苍白的灯笼,以及安静地跳跃的油灯火苗。

略微带有青气的味道,从烟囱、换气扇和防盗窗,
　　主要从正大门
溢出,以便接受友好的安慰。承受吊唁的主角已经
　　移入殡仪馆的冷冻室,

琐碎的中国故事,偶尔步履沉缓,偶尔风一般轻快;
灵堂里两壁布满挽幛,空气蓬松,各种见解争论不休,

但没有一句关于灵魂。

2017.4.24

昌　南

怎样更加合理地
搅拌从邻省祁门县担来的高岭土，浮梁县丞

在瓷碗上指指点点，转眼

已过了七百三十九年。至今，他的脸上，
　　仍青的青、白的白，
写满微妙的经济。

窑中的火

先煅烧出我松木般弯曲的四肢，再徐徐洇染
半掩半现于他身后的河山，从宋，

到元，再到明和清。

各种好看的花卉，青年男子，竞相
歌赋、游园、打秋千，谈论谜一般遥远的宫廷。

昌江中，白帆鼓起一团团

上游来的空气，
我知道，定然又有新的品种

即将出现；

大街上，不可数的，翕张的鼻孔以及汽车，
都在冒着花糊糊的烟气。

2018.11.22

"冷""异常"的清明

樱花与榆树新生的嫩叶,散落在绝不夸张的
寒意当中。唉,青春,

总有一些花瓣和毛茸茸的叶子,提前归为尘土。

"冷","异常",这个清明。
晚饭后,我按捺不住,欲和你聊说微信里纷纷转发的

这人间种种的动魄惊心,窗外

有猛烈的雨滴在飞……究竟又有何处在
酝酿异常之事?

"出门要小心,衣服

穿暖。"一边叮嘱打开家门、准备回学校的孩子,

我一边想,应该把刚刚浏览过的、微信圈里
该死的新闻都忘掉,

把"冷""异常"忘掉。

2018.4.5

假 日

土菜馆中

你吞咽下去的是"时间",——"下午"或
　"傍晚"并不存在,

一小会儿的人间烟火,微弱地
燃烧。

用纸币交换出的"存在"还"在"吗?

……不,这些"土菜",还有你带来的
"酒",逐渐地变身"非存在",如医院中逐渐
　变色的试纸。

它们温驯,不辩驳,
不像我和我的朋友们,非得要依赖大声地"掼蛋",
　才能证明一支飞矢

已远远掠过,而正是刚才,它欲扎入这家菜馆。

2018.4.6

去六安

凭借蒿草般胡乱生长中的方言,刚刚

熟识的
两个少年,

都张开臂膀,热心地,欲垫付对方的青春,争先恐后。
　　生活

像两支雪糕一样,畅快地滴滴答答。
——研讨会开始,

地方铁路上,迎风跑来一列老式的绿皮火车。

"好人好自己,坏人坏自己,像空调,嗡嗡嗡地,
它这一生都在反复压缩空气,

是无止境的轮回。"

继续被讨论的内容还有很多,如:正月里连绵的阴雨,被一场战争打散的

历史。

"还有补充的没有?"主持人热心地侧过身。距离过于遥远,他看不见那两个少年,

现在已经在火车上,硬座,

各自都靠着车窗。
铁轨两旁,在冲撞中,空气被火车头劈了开来,

软化后的"时间",熔岩一般,欲淌。

2019.3.3

拟聚园

用粗壮的长筒注射针管,平缓地
抽取

尚带有热气的

春节。上午时分,对于追随大人们,在小区边上吵闹的
　　菜市里
四处张望的西街童子来说,

心中

定然难以生出鸡声茅店,明月松涛。
礼乐和诗书

只能供奉于楼上。年

按理已经算是过了，徽州大道上，
汽车往来，一如腊月里蹦蹦跳跳的鲫鱼，毫无觉悟。
　　我大病初愈的朋友，张劲松，

避让，但保持了

气色的和悦，立于聚园前面的
路口。像是在略微返潮的宋画一角，靠近画轴的地方，
　　睡了场午觉，

刚刚醒来，

隔着奔腾的噪音，我对他解释说，今天是初十，
　　也是人们常说的"情人节"，
菩萨们

暂时都避身不见。

2019.2.15

傍晚的声音

几个孩童在泥地里一点一点地抠破风筝,抠开柳树皮,
也逐渐抠出了他们小小的、奔跑的肉身。楼上,
    有人推开窗户,在生气地叫喊。

凝结的鸣叫,鸟粪一样从云中滴落。

露天电影就要放映,屏幕被徐徐放下,迟开的杜鹃,
傍晚小区的微光里,挤压在一起。

广场中央的喷泉,在一场明显要到来的暴雨前,
    喋喋不休。

2017.5.23

匡河的水与樱花

倒影中,那朵花整个下午都沉醉于精致的修辞,实难以宽谅。

我注意到,是一朵迟开的樱花。

修辞的范围:(微)风,走过的(缱绻)行人,近处的天主堂、高压电塔,以及
  循环利用(曾经是脏的)流水,

它们撑起了当代。

事实是流水和樱花都陷在修辞当中,彼此攀比,难以释怀。要不然,哪有什么

小笼蒸包,傩戏,"五一"节,秋浦歌。

毕竟，沉湎于修辞乃是万"物"应得的虚荣。日光下浆汁四溅，最终形成

水边，这朵樱花的模样。

2018.4.16

张美丽

还记得那个坐在前排、眼睛忽闪忽闪的张美丽吗?

校门口的树已经都伐了。多少
当年语无伦次的少年

早早地皈依了普遍的哲学。

包括我,也是腆着肚子,依从,辩驳,和别人
单调地说:你好,早安。

好像依然是一个热心的人。

掼蛋的游戏在继续,墙上的电视屏幕里,费劲地
蹦出一句台词:"唉,我说张美丽,起了个大早,
就为熬上一锅稀粥。"

2017.12.12

裂的墙

真实

究竟又能够指向什么？但不可否认：庭院，灯光，啼哭，
与墙外道路，它们本体上的暂在，并

……渐渐地促成与我们的原意相悖的事物，

如正在往上旋的月亮（今天是农历十月三十），
  或下楼梯的
步履（他已是七十五岁的

老者）。早晨被修饰的很好：

朝阳，堵车，还有
作为背景的，若有若无的霾。

2017.12.19

木质象棋

（一）

那一年，放学后的中学教室里，我

沉湎于粗糙的木质象棋，如一只谦卑又兴奋的卒子。
　　"历史
不可移动，"他指向棋盘，用变声期特有的

嘶哑声音说：

"这残局，只要应对得当，必定是
红方先输。"

还记得，车、马、炮，都是浮雕出的隶书。

"我家屠老师
苦于神经痉挛已经很多年。真没人能说清，
　　今年春天的气候

为何反复得这么剧烈？"话锋一转，已是

二十一年。"我最终会被你们删除。"微信那边，
　　遥远的、虚拟而成的
"哭泣"，

让她粉红色、粘了些微油腻的手机看起来依然很羞涩。
　　屠老师

是我同学
的妻子，病休在家已八年。

　　"对了，当年如果不是班主任

突然转回教室，轰走了我们，那盘棋你当真能够战胜
隔壁班的王连生？"

（二）

青春时代，特有的粗糙、荣枯，特有的木质象棋，

特有的
嘶哑声音，湮没于

"红方必定先输"。

银色的手机逐渐变软，化出一层沉着的，
枣褐色的中年油腻。

是王连生。

他的妻子继续在"群"里倾诉：
做"红方"已二十一年。

的确，她脸上，红颜已尽失。

她丈夫、当年我们年级的象棋高手，
现在热衷在"社会"上。

说是回到家，"不可移动地"，还要下，每盘都得赢。

(三)

一出、又一出
被"偶然"镂刻于棋局中的灵魂。

曾经多么敏感的物哀。

"血的教训。无
诚信,不中兴",棋枰边对杀的曾经少年,

现在还能对谈些什么?

"三十三年前,公司①开业;
二十三年前,我研究生毕业,正式入职。"

特有的嘶哑声音,湮没于

"……八年前,我妻子因为颈部神经痉挛,不得不
病休在家。"

午后,气温升高,手机在持续地

---

① "公司":中兴通讯股份有限公司,成立于1985年。

变软。棋局已经太遥远，我早忘记了那些曾经熟悉的
谱中套路。我是

工程师王连生，

已"不可移动"，一直在下这局乱了步骤的
棋，试图给我妻子以安慰，

从晨至昏。

2018.4.18~22

拟罍街

——如果此地的历史正活着,
　那么昨天下午新闻里的罍街

必然曾经短暂地回复过它拆迁前的形状;如果罍街
已经确定存在,那么它身下压制着的

江淮之间的,庄稼地里的呼吸,必然并未挥发殆尽。

2017.5.24

恍惚的"瞬间"

笔和纸都不称。"瞬间"在楼道上下游移,不得定。

多让人敏感的
空。万物如不

主动泯合,就只能

彼此刻意地保持惯常的孤立。案几之上,无心
的茶水,正独自凉去。

茶杯、"笔"、"纸"和"我",此刻还保管在

傍晚的"微信"里,
路灯亮起来,如同

刚刚配好的"福尔马林"药水。

2018.4.28

诗　学

如果仅仅只缺少一壶酒，可以

上街沽取。实际上各种包装，
现实本身根本不值一提。有关"落后"或"先进"

的观念，无法遏制他们各自蔓延的规模。

秦人在"兵马俑纪念馆"里，完全无动于衷地
长哭。编组的复杂性，

远不如将一道"圣旨"书于布帛之上。

今晚开出来的是高铁。我被通知，一定要挥手，
　　隔着玻璃，
向衰弱不堪的灞陵桥问好，

也向所有路过的牌匾问好。渭河

悠悠,面朝遍布市镇与
工厂的下游,滚淌。泛起枯枝与泡沫,

"——那些是唐诗,明诗和清诗。"

2018.4.29

桃　枝

我无法和你讨论新年

牛仔裤豁了线,但
你很幸运,看见今天晚上"青年餐厅"的

高涨。

你不再主动挑起
黄梅腔的表演。有什么意思?鞭炮不再叫唤,街区里

个头偏矮的宠物狗,意思闲闲地

跟在人的后头,摇晃。你忽然
对女儿说:"那一年

冬天,家里养的土狗,

不知何故死在了柴屋。摸它的毛,

当时还是温热的。"

乱曰：犬吠侯人应，青山在酒樽。

转眼间，"青山"一排排如楼房，如轻巧地
踮起前腿的，一只只

失去了野性的鬣狗。

2018.2.17

包　裹

哪里有什么教诲。你被迫
杜撰出灯光，屋宇，一把椅子，紧接着杜撰出

一场让你烦心的吵闹。

再紧接着，你试图把这场吵闹
油漆一新，以赋予意义，
　——就像你父亲早年喜欢做的那样。

但油漆桶里没油漆了。你扔进

几根钉子，菠菜，胡萝卜，再滴入几滴乡村榨的麻油，
把它们搅合在一起。吵闹中传来啼哭声，

你转而寻找辣椒、洋葱，递给

不知道哪里冒出来的一个殷勤帮工。他在你的厨房里，
时而扮鬼脸，时而赌咒发誓

说吵闹与他无关，也和刚才来的快递小哥无关，

整个小区安静得像尚未开盘。我猛然意识到，
　　灯光、屋宇、那把椅子，
还在刚送来的包裹里，正等待拆封。

那么，如果不打开包裹，争吵确定将不复存在？

2017.11.21

不同质的表达

此刻快乐吗?主持一场普通的宴会,让你感受
时间确实在午夜绵延……

公鸡打了一声钝声的鸣,

我可以点数:
闲聊、牌局当中的抱怨;眉来眼去的

灯笼,安静地挂在大剧院的广场。

早间新闻将七上八下地晃在公交车里。"还总不自觉就
流淌眼泪吗?""万事

都有如谜的本质。"他微笑。

"哪一种谜不是出自浅薄的杜撰?""你不要三心二意,

和万物保持被迫的稀松与平常，

保持本质上虚假的不协调。"

2018.2.1

铁　花①

谁开花于这镬中，谁补血于这镬中，又是谁
歌哭于这镬中，一世又一世？

天！这钴蓝色的大镬，倒扣于此，亿万斯年。
　它稳稳当当地，
调制出细碎、温润的花，

从不慌张，从不疲倦。

草原上，又热烈又倔强的汉子，
兑着奶酒，补你以铁、以铯，以钼，以心，
　以种种大地、种种辽阔，

---

① 铁花，学名"二色补血草"，与铁矿以及稀土共生于内蒙古白云鄂博。

成就你的鄂博,你的朴素与苍凉。

2017.6.20

当鸥鹭飞起

当鸥鹭飞起,激起它羽毛上遍布的
缺点
闪烁在夕阳下

高空中燃烧的,是熊熊烦恼之火吗?

人影不可灭尽
置身余下
的仓促梦中,继续
苦恼与缠斗
我和我
怒目相向,已无从和解

寒武纪昙花般匆忙开放之后,正变身
夕阳,变身凌空的
鸥鹭

2017.9.3

仅有诗歌是不够的

平视这个世界,像初夏的
麦芒,泛着

新鲜的光。

石头
在风中满地打滚。太阳才爬上后山,转眼

又得学习坠落。

"我此刻并不存在,按照光学,尚
停留在过去的时间当中,

虽然它正在到来。"

"仅有诗歌是不够的,磨镜片的人

上午早早出了门,等他回来,

太阳将喷吐它的"黑子"。

2017.9.4

成就于秩序，毁弃于秩序

古时候，山中的道士会飞行术，他带着我
漂浮于万物之上，历史

舒展如浮萍，一点，又一点。
我被错乱地四处投生，时而是帝王家的次子，

时而又成为衣衫褴褛的乡村小癫痫。

总之，如果流年不利，将会在痛苦的腰斩之后
转为谁家的大丫头。都是往事了，

那一年，日本兵攻进城里，道士也不能幸免，
他吃过屎，喝过马尿，装过羸弱的大仙，

那一刻，我见他真是可笑。

但面对厄运，你又能怎样？我后来被指认为王二小，
在忧伤的歌声中，转世成一只瘸腿的山羊。

你咀嚼，你沽买，你的酒
酿出你自己的童年，醉后，你才晓得大哭，

说在来生的路上，把爷娘都弄丢了。

2017.9.4

在韵律中

鸟的喉咙里,正在复杂地提炼镍和铂。

雨中,季节逐渐变冷。年迈的史官坐在板凳上
夸耀他往日知识的渊博——但他忘记,因为日常

无所不能的烘烤,

已煮干门口的水塘,沸腾之鱼飞上岸边的桑树和梓树,
  一边扑腾,
一边竞相变成阔大的、蕨类植物的叶子。

在低矮的地方,设若在周朝,没有铁制的机械,
  床下蟋蟀之声环绕,

以一年为期。声声幸福的口号
持续地吟诵,直到终于活完这辈子,

你猛然意识，这曾多么有用，又多么不可依凭。

2017.9.4

事　实

在争议中，马路

越修越宽。——"马"在哪儿？
　　被"证明"的"事实"是，
"太阳"在正当空，但

由于云层遮挡，不可见。"路"

修进这座山岭的北麓，生长出
可复制的风景。蓬勃的楼盘，蘑菇状，惹眼。（大巴

车上，悉数可见。在"金寨"，拐过"映山红大道"，

对，你看见的将都是"事实"，都是
人心牧养的

"马"群。）等它们吃足草料,

会偶尔抬起头,嘶吼低空下"事实"的、
　　辽阔的"居住",
和与它正处于短暂关联中的公园。

2019.3.4

找出了许多……手法

"找出了许多……手法"——看似

遥远的近处,零星的雨点落于车前。汽车大灯射出的光,
  现在
很好;路,平滑地

通往一座叫岳西的县城。"找出了许多……手法",
  他继续说。

客车轻微颠簸一下,随即
转出一个幅度不算小的弯。我担心

它承受不住这晕眩,

以及关闭了车厢灯后的,座位上杂杂碎碎的乱谈。
  县城不大,但紧凑,

"提炼"中的光点，分层次地

　　夹于"衙前河"两岸。

稍远的地方，
犹犹豫豫中，始终想"找出了许多……手法"、
　　实难以动弹的，岳西的山，

不同于在宾馆里翻闲书的"我"。

2019.3.17

戊戌之春

"还适宜唱'上林台'吗?" "过虑了,二十九,
样样有;正月里不要轻易理发,

一蓬一蓬的聚会,正积攒力量,要盛开。"

……犹记少年时代的教科书中,戊戌
之变,

头颅在空中纷飞。庙中塑像,

没有月光的夜晚,无一不是又灰又黑。"你圆睁
锃亮的眼睛,入睡,会看见

数不清的星星,正努力拼贴这寻常的、
天干地支的春天。"

2018.2.14

我们互道"新年好"

我们互道"新年好",有时说给耳朵听,有时
直接说给门口假装无事的偷窥者。

超然出市来,柳色逼云开;
月落村人远,风停物自哀。

旧衣服需要新年,商业
也是。

改用"支付宝",集"五福",

就这样,一点一点地,
逐渐化开"新年好"所独有的瞬间性:

咄咄浮云变,飘飘白日居;
天风何限意,回首一踌躇。

唐朝人李白不懂得该以怎样的姿势，握着手机拜年。

2018.2.16

我 们

"点都德"

卤煮出的盐，尚有余温。剔去其中的

杂质，如：
皇岗、合肥、宿松，一只无从转基因的

斑鸠，咕咕咕地，

掠起于昔时县医院围墙外。
青葱的稻田边，我终于能够分辨出"我"；
    你瞳仁闪亮的、

泥污与水草的"蔡家塘"，

最终如何完成它自身？——横亘为通关的道路
必定艰难。

皇岗村中，"点都德"

的卡座上方，随意的灯光，让
曾经的童年和少年，此刻显得如此笨拙而又清晰。

2018.7.19

裙子和套装

此地宜于

化妆。假面舞会不知从何时开始,下围村
里挤挤挨挨的人头,

"毕业那年,你为何

没来这里?""嗯?"他茫然
地看着远处,市民广场,不断变幻中的灯光。

那是一场"秀","嗯,'秀',就像在芜湖的
　　赭山脚下,你曾

夸张地
比划着告诉我,知道吗,作为英语单词的

Moll？"

多年来，Moll跳动着，跟随码头工人、货车司机，
从皇岗口岸进出，

最终落潮一般退回湖北、江西、安徽的乡村与市镇。

哦，远方广大的夜色与清晨，
哦，人行道上正在漂移的，精致地化过妆的

裙子和套装。

2018.7.21

我讨论的是……

光阴过于短促，哪怕日晷一般单调的擀面棍，
也并不能把它扞长。

有时候，我说的"光阴"

无人愿意去正面度量它。比如，此刻我踏进这趟航班，
它"载"着我。

云啊！当北京时间的二十三点零七分，
　　漆黑的夜被镀在"光"的云层之上，

你和舷窗外高高一轮月亮对视，
感觉邻座那妇人无从飘散的轻微鼾声，多么失真。

一天又一天。

"一天",是确指,从早晨,到发动机的声音中
　　基本上还能够分辨得出
虫鸣的现在。

　　　　　　　　　　　　　　2019.3.11

时代抒情

"欲望醒来了"——它何时沉睡过?

"我怕我万一不说话,连石头也要为莫扎特说话,并嘲讽每一个具有说话能力的人。"

克尔凯戈尔说的是音乐,

我说的是手机。难道,我们不正在对着机器
哇哇大叫?

对,有电的机器。蛋白质和氨基酸的

机器,吞噬机器的机器。我们继续"抒情"吧,
当说起"浮华",
但要请你先购买、扫码、转账或使用又旧又脏的

纸币，都可以。

2017.12.20

科大里的咖啡

被摄下影

后的咖啡,会短暂地呈现另外一种咖啡色,不易
引起注意。

同理,被啜过一口的咖啡,

将长久地处于缓慢的变化,地点未知,或杯中,或
酸液浓厚的胃里,渐至

无穷。和我们一起来的文科教授

讲座前,由衷赞美
制作咖啡的工具,对,

那属于锃亮的科学技术。从唐诗和宋词

里，拆解
出枫叶，蜜蜂与枇杷花，宿醉和失恋，

以及被面容姣好的乐伎在薄凉的空中宣称的她
　　与生俱来的不安，

都需要技术。"为什么科幻，又为什么悲剧
　　也会有快感？"文科教授
耐心地引导

一杯咖啡的泪流满面。

2018.11.30

患晕眩症的梓树

透过飞旋的灯光,泄露
世界的轻

是简单的,比如冬日里盲目飞舞的蛾子,

把晕眩症
传染给老旧小区的楼梯、城管队员、证券公司的操盘手。

不算很大的风,

在手机屏幕光滑的空中,
哗啦啦地撞击门前梓树上半枯的叶子与叶子之间

垂下的梓荚。

道路在轻微地发抖,那会是因为

还有谁没有享用晚餐吗?路灯亮了,小区的铁栅栏外,

一挂土黄色的载重货车沉闷地驶过。

2018.12.3

手绘落日的人

一只野鹌鹑的蛋

被打碎。蛋黄流淌,炎症如晚明潮湿的山水,
气息奄奄。双手插进

《尚书》,挥发出

迷人的腥味……我说蛋黄液流淌到哪里,
　　哪里就可以做你的领地,
哪里就有逼人的青色和绿色。

再注入

褐色素,多巴胺,虎丘寺,扬州,以及先进的阿司匹林,
铜雀台上陈年的露珠,

夜色多浮泛。在一些梦中，年轻的鹌鹑们总能够
　　欢快地游来，
又游

走，月光下的池塘里。

2018.12.3

丁氏牛杂馆

汤盘打翻了。菠菜一根、又一根,从饭店虚掩的玻璃门里
淌了出去,

一直到人行道上。等它们

直立起来,
才能继续互相拥抱、缠绕。很快,它已忘记了

刚才的争吵,

餐巾纸抹了抹牛杂馆并不整洁的脸和眼睛。湿淋淋的
菠菜叶子

拖着泪水,忽然喊了一声,"孙姐……"

哦,这是合肥腔,"你说他可能就这样眼闭着干?"

红色的"丁氏",挂在制服上,

右上角,字号不大也不小。

2018.10.19

测树学

你懂"测树之学"？去年秋天，经历过短暂失败的燕子，它们
正在门口绕飞，啁啾。

春天在塑料袋里。一个个塑料的大棚，

整齐码放于乡村，如连绵不绝的
白色坟茔。"只要有工业和商业，我可以

快递给你一个团的、机器的燕子。"

"π等于山巅一寺一壶酒，等于
旅游，投掷垃圾，和山水与农田调笑，

也等于意气风发、觥筹交错。"

燕子是无辜的,因为
眼神的简单,又不能和你交流,自然无从测出白色和
　　绿色当中

两个不同的春天。

2018.7.14

被要求如蜜蜂般……

季节逐渐枯萎。下午茶时分,一架蜂窠,孤零零地
悬挂于高架桥下。

如出自密室里的神奇酿造,不可说;蜜囊、
　膜翅与飞行均不可描述。

拥堵实出于人的感受。嗡嗡制造出的紧张,
让群情莫名地激昂,

你可以心安理得地喝粥,吃酒,继续抒情,

当酒杯碰撞酒杯,你的皮鞋
不慎踩向一截老化的橡皮水管,

空间里爆出一阵大笑,液体般迸绽,
　瞬间把一些人傍晚的生活

淋得透湿,

这软塌塌的、笑的声波,能够传递多远?

2017.10.19

文明旅游出行指南

候车厅中,他假模假样地拿着《文明旅游出行指南》,
像是接头暗号。和平年代,

这有什么意义呢?

"《指南》里说了,不能攀爬。"然而
我早过了攀爬的年龄。那时我是风,是雨,也是冰雹,

经常把我母亲喜滋滋的、小朵小朵的快乐,
　　失手撞得粉碎。

哦……我也是彗星,刹那
之间,的确物是人非。我爸爸的教诲

早已安静地压缩在墓碑之中,

不再迸溅。"文明旅游出行"，抱歉我的爸爸，
我已过了本次旅途的中点，你以前总爱说"不搭理、
　　不抢座……"，

国家旅游局编制的小册子，崭新地，
　　像一本正待出版的诗集。

2017.7.5

"锄禾"

佛教徒,年迈的李氏说:对于我们的访问,
　　除米与油,再不能接受
金钱的馈赠。

我说的"金钱",是几张纸币,掩于

信封之中。绿树下,
双王村的李氏,几年前中过风、没留下明显的后遗症,
　　执意

不肯。

"她不能拒绝菩萨。"我平静地,在心里对自己说。
平原上,村落、葵花、年轻的妇女和孩子,
　　已是日渐稀缺;

李氏略趔趄的行走

也日渐稀缺。我换一种方式,用尽量友好的语气,
　　问及她的孩子。
"两个闺女,一个儿子,都在

外面打工,也不晓得现在怎样了。"暮晚,暑气转换,
　　不动声色,"双王村"

这三个字,"嗡嗡嗡"地,
在已打开了空调、即将驶离的汽车里,逐渐衰减。

2018.6.30

删除的意义

我开始删除这故事中的一条路,它叫滨海大道,
紧接着,删除一些忙碌中的

汽车。对岸,被你的目光浸泡

约莫五分多钟后的
香港,看不出有什么特别。缺失必要的理由,

我继续删除落日、海关、

公路桥,但保留下红树林,以及一个叫作
 "2018光学工程"的修学
旅行团。眼睛里的晶体

已日渐浑浊,

我因此没有看见那只孤悬在树梢的海鸟，它的生涯必定极其有限，

但我现在还无法删除它等一会儿将朝向远方的俯冲。

2018.7.20

州　府

长城故事

讨论无用之用

需要足够的冒失。四个人,并立
于两千多年前的

长城上,

无端地缅怀秦始皇的暴政。四人一共抽了三支
卷烟。国伟说

这些小型的烽烟,才钻出我们的鼻孔,

就不见了,多像
自我在本质上的稀薄。高原的土夯筑的秦长城,

依着惯性,在往南、往北,但

并不移动。"看到了吗？西北角，远处那段亮闪闪的，
是六盘山机场的跑道。"李方

说这句话的时候，

夕阳正急速下坠。再过四十分钟，
天津来的丽伟会在那儿登上返程的飞机。

2018.8.3，安徽合肥

白鹭回

市镇边缘,楼房参差。那几只正在高处翩翩
飞舞的

白鹭,

注视着"游客"。它们的
眼神

不属于"我们"的世界。飞翩掠起的气流,

让你微微感受到林木和池水的
无所依凭。

此刻"我"和"自我"正在作一场目迷神眩的私下沟通,

通过这群白鹭。

"我"来,"我"看见,但"我"

必然回不去,无论

在迂回中,
能够找出多少言不由衷的托辞。

2018.7.27,宁夏固原

山中蚁

雨滴乱入人间的
意志,

必定出乎非凡的轻慢,

它们无从懂得枝叶的抖与颤,更不懂得
世上种种的等与差。

——你自以为是游客,却不知道

早在你来临之前,背影,已
被牢牢钉在榆树之侧。

蚂蚁在忙碌,

偷窥它们并不人道。你被催促

说前面还有更好的风景；

佛，菩提树叶，岩上造像，高一声低一声的

经忏，都在风中
撕扯着它们自身。

2018.8.3，安徽合肥

须 弥

"我学校里叫高小梅,家里叫艾福那,爸爸眼睛

瞎了,视网膜脱落;哥哥因为脑瘫,
智力不行。"卖手串的、欢快的

高小梅,

或者艾福那,主动领着我们看二佛。"你要
看清楚了,二佛左侧的头顶上,有七个小佛;他的左眼

已经没有眼珠,

早年被红卫兵用枪打的。"藤蔓牵绕的红崖道上,
　　市里来的主席
和我们探讨"文化",

隔着正读小学三年级、十二岁的

艾福那或者高小梅,眼望
茫茫须弥之山。"须弥

是世界乃至宇宙的中心的意思",

他温和地解释。从"中心"下来,
我还看到了一座已经彻底一无所有的、戍边的宋城,

在暮色里,半跛、半坐。

2018.7.29,宁夏固原

库布齐

只见它吐出沙子，吐出一片又一片人造的小森林；

紧接着又吐出游人。点数完兵马的可汗，
已经回到他粗朴不堪的地下帐篷。他不懂汉诗，
　　库布齐的沙子

也不懂他。说什么大漠孤烟，

都是笔直得过于僵硬的荒凉
和绝望。滚烫的落日逐渐发暗，俯身烧向

遥远的江南，我薄如蝉翼的故乡。

库布齐的胃里究竟反刍了些什么？天黑后，
黄河故道里的夜空，布满衰败的枯草，和它牵引出的，
　　<u>丝丝缕缕的根茬</u>。

2017.6.25

复杂的叙述

复杂之处在于,事物都处于无穷的、不确定的分蘖之中,
你站立在你的岩石上,

看夕阳,看过往,蚊子和山里的爬虫,

或飞或奔,阒然无声。我的低语因此被群山屡屡抵消。
　　倘若
理解无从可能,那么命运只能是近似的,

催促我关注身后的潭水,

它幽深的微澜已持续千年万年,依然终日里都由着你
濯足,洗头,游泳,投掷垃圾,

当终于看到山中云起,
　　若有妖精渐渐析出你我的身骸而去,你骇然于

此生的短暂与无知，多么不可恕。

2017.9.10

景云寺

感受于此,是一种奇妙的过程,山深处的鹧鸪,
可闻,但不可见;

可见的是丹霞地貌,与残损的佛像。

——终极的虔诚
免不了归于绵绵青草与尘土。出家的

老姑子坐于案前,低声咕哝着经文,

不忘指点我从左侧的木楼梯
走上去见造像的石窟。

对抗自然与尘世

的决心,既历历在目,又依稀难辨。

"我之所以存在,

唯一的理由,

源于你持久的毁弃,更源于
'中心'的杳不可测。"

         2018.7.29,宁夏固原

拟周瑜

"三国"早年，我曾是故乡稳重的青石头，
压在

疫病流行的稼穑之上。

桑枝摇，天下
何苦大乱？让我俊逸的抱负

屡屡落空。唉，日落、日出，周而复始，到处都是

被炙烤的人心。纵然我统领兵马，
日夜汲水，

也浇不透混乱的时政。

2018.7.27，宁夏固原

拟孟姜女

穷人的思维本质上是简陋的,"我只知道
我家范杞梁

也曾虎背熊腰,虽说

我不能够给他缝制更好的冬衣。""除此之外,他
和我一样不爱动脑筋。"孟姜女

一边哭诉,一边作势倒在工地边上。

警戒的士兵碍于摄像头的角度,把她
拖到了背阴的地方。褴褛的草地之上,疯长出

一截一截的

长城。"江山一旦脱离固执、原始的爱,

墙砖就会变薄,

最终也如我杞梁不得不速朽的肉身。"在眩晕中

孟姜女继续她无望的指责,面朝大海,
忽然瞅见

齐国和燕国都在其中翻滚、沉浮,范杞梁隐隐约约。

2018.8.1,安徽合肥

在歙县

鹅卵石在浑浊的河水中独自翻滚。

高空中传来石头被碾碎的尖细声音,星群疾走,
绿皮火车掠过桥面。知了正在暗处蜕皮,

月光下的人民看起来和柳树枝一样舒展。

僵硬的牌坊下面压着灯火、教诲和凄凉的婚宴,
我温顺地走在河边。路灯没有要求我付费,

也没有暗示我应当和历史保持恰当的距离。

临街的楼上,那扇雕花陈旧的窗户里,谁将又要
忧心忡忡地抛出老式的绣球;

又是谁在此刻,像一块水中石头,
　　始终处在持续的抗拒之中?

2017.6.29

旧山水之源

长情于江水与淮水之间，远眺西北方向，众星闪烁，
各种微型的忙碌，

各种高楼、舟车与阔谈。

也长情于教育，"这里是外间传说的长寿村，秘诀在于
此地山水、人情和适量的

忧愁。"

欧冶子远在东南之南，他在世时，
冶金技术突飞猛进，

烽火台频频示警，式样

各各不同的长城的修筑，成为彼时的当务之需。

随处的标语如已今翻新成

"大美庐江""新跨越、进十强",

旅游的人们啊,我能够看到
你们正蹦蹦跳跳的心

顺着马槽河,游入巢湖,如一尾尾软化后的,
　　袖珍的"干将"与"莫邪"。

2018.8.4,安徽合肥

谓尔羊头

"来，一人一只，"杨书记

殷勤招呼。"请稍待片刻，我的矫情瘾又上来了"，
　　柔气的她
微低下头，

不肯当我们的面，

吃今晚的第一口。"还是热乎乎的，做得
很烂，………"

确实很烂，像我们糟糕透了、又掩饰得很好的生活。

"羊眼能吃吗？""能吃能吃，这都是
羊头上最好的部分。"

无辜的羔羊。

今夜,在伪装的汉地医生面前,大风跟着你,
群羊跟着你。

2018.8.4,安徽合肥

团　圆

垂直之力，悬停于一个人的中年，再缓缓吊起。

门终于被关闭。茂盛如雨中南山，
绿色的

会议，一丛一簇地召开。

使用中，
珊瑚，"熹平四年"，改革，旧时年庆，以及我的肉身，

终成为有益的摆设。

从莲花山上
下来，你友好地抗拒体内骨骼的疲惫和疼痛，说：

九点钟了，博物馆就要开放。

马路边，那些肉质、多歧的须根，纷纷垂了下来，
提示重力的不可克服，与历史欲闭合的

永无可能。

2018.7.19，广东深圳

十三辙

发　花

说"无韵的诗",绝非
出自司马迁的本意。若有另外的机缘,

谁不愿常在青天之下?

满地都是人造的车辙,让你眼花缭乱,以致
过于随心所欲,

把韵谱乱念。麻将桌上,一人嘻嘻哈哈,

催促另一人"发花",
……在我的青年和中年,手中就这样开出斑斑的霉点,

日复一日,静悄悄长成。哦,

太平的、至少还可再打三圈麻将的时辰,你抱怨

电视机里播报的、无边的

流感。流感它与"发花"何干?

2018.2.26

梭　波

从前制定韵法的人，现在正研究，如何

把一还给一，把
美捣成姜末。

瘪嘴的"梭波"其实是我的一个老邻居，

他有心血来潮的
资本，最近的新把戏，是偷偷告诉我，还有

一个"梭波"，

正在东门外的钢铁厂里捡拾废钢头。斜阳里，
一家简陋的理发室边，我们

停下车,隔得远远地,和他口中所说的"梭波"
　　漫无边际聊起来:

——种种钢都是钢,都是曾经炼出来的,因此
说废与不废,

就像言说你此刻在还是不在。

2018.2.26

乜 斜

发愿于酒和肉之中,袅袅风烟

忽起,北宋迷糊了你的眼。钦宗和徽宗,
拨开一丛又一丛的青草,

寻觅往日的蚱蜢,

我知道他们羡慕我佯装出的
放纵,和

文质彬彬。隐秘于斯,我已逾千年,

烂熟的开封城里,元曲有限度地流行,诸多色目人
尚能谦恭有礼,

因此,我特制的羊毫,得以

书写流利的瘦金体。我还曾以"区块链"
炫目群臣,

然而大地从不愿演讲,也并未愿就此事乜斜。

2018.2.27

一 七

七枚烧饼圈在一起。
七天以来,微阴从此中,一丝一丝地,

徐徐斜出。

阳气最终消耗殆尽,直至
玻璃幕墙的大厦落成,直至

出版过的书籍都化为纸浆,在彼此粘连中

蜷缩如滚烫的煤球,
直至七枚烧饼都被啃得残破不堪。

"一七"哪里够,"七七"都不止。七个

土质的朝代烧制而成的瓷器,

叠罗汉一样在坟地里相互挤压。

始终难以精确的时代里,讨论数目字,

没有多大意义。你高谈"租庸调""一条鞭法",
何若七枚烧饼来得直接?

2018.2.28

姑　苏

"姑"和"苏"都浑如一层浮梦。数不清的会议，
欲让地方的嘴唇，合奏出

齐整的高潮。

——你安排的差役，无非
"六六大顺呀五魁首，八匹骏马呀福禄寿。"

我们同去九华，

看见麻雀纷飞。
山野里，被命名的各类食材正在生长，

衣着朴素的尼姑，热烈地
在云端

播种她们明媚的眼球。一抹

口红,起伏于生动的肌肤之中,你抬头,重新
诵读一遍"姑"字和"苏"字,

以及层出不穷的上山与下山。

西施在卫生间洗手;路边正摆卖样式各异的铁质宝剑
和气息新鲜的竹刀。

2018.2.28

怀 来

怀来一粒玉。一列褪色的绿皮火车,

开入"春运"的嘈杂。"春运"老了,已
炼就一颗不动的心,

所谓"理想"和"远方",都

在各自的办公桌边,静静地,如一杆杆被中央空调
保养得很好的文竹。

明天是元宵节,

……颗颗凡心都打着双闪,在高架桥上,飞奔。
跨进家门,你忽然在客厅的

电视里,再一次看见微凉的尘土、月光、雨滴。

2018.3.1

灰　堆

她把很多的自己都堆在一起，层层叠叠，如

在乡村的角落里沤肥。
没什么好奇的，啤酒，衣料，化妆品，

Photoshop软件，

都被放进去，灿若远古时代的殉葬品。
拆

开后无比寂静。二氧化碳

淡淡地逸出，
剩下的，被称呼成春天、夏天、冬天和秋天，

被称呼成嫪毒、香妃和小白菜，

也被称呼成随机排列的复杂性，以及事业、庭院、激情和无边的青春。

2018.3.2

遥　条

在凤阳县的小岗村，央视的直播车停在村口，也没有

扰动他的谈兴："成什么话？四个
诗人走在一起，会分出三个流派。一定

要团结啊！"紧接着遥远地"感叹"；再紧接，

他居然在宽敞的路中央
一跃而起："是的，'苔花如米小，也学牡丹开'，为何

要学边苦恼、边

妖冶的牡丹？""对了，今年有可能流行的绿植品种"，
他转向跟前，指着身边的

另一处，又说，"你目前还没有真正告诉我。"

2018.3.3

由　求

体内充满重重的阻力。

黄色、绿色和橙红色的扫码单车,在人行道旁
七零八落,一排排。

我从未见过如此整齐的孤单。

从高处看下去,黄山路小学裸露的操场上,紧致的肉身,
没有规律地跑开。他们尚待

划定"自我"的疆界。

……"当代"和"少年"之间的关联变得不再清晰,
虽然路上的行人,正遵循

不可窥测的大数据,在做布朗运动;虽然

倒塌的公交站台

至今仍未回到正常的使用中，

微信里发出通知：明天准点到班。

2018.3.5

前言

如出家前的佛陀，腹内万种绿色的忧愁，芭蕉叶般伸展，
抚摸肝和脾。

鱼归于水，虎豹归于山林，

——由此展开后的、丰富的寂静，
一人欲言，另一人欲应。

2018.3.5

人　辰

——将去和谁合辙？胡塞尔坐于讲席之上，谈兴正浓：

人辰，人的时辰，必定美妙，那里有诗，有
居住，有劳作，

作为"现象"，韵律是必要的。

这过于西化的表述，将谐音的两个汉字
叠在一起，能够

表达出历史的同声诉求？

嘶嘶的空气当中，夹杂早起的步履、汽车
引擎的声音，万物都在振动，

……天宝十四年距离马嵬坡尚有三丈红绫之遥，

后宫和众多的臣子也还忠心耿耿、不辞劳苦,
但长安城鸟鸣啁啾,

机器人方阵突然不听使唤,

文人的心大乱。若干年后,
有人在高铁上摸出李家的《道德经》,不紧不慢地,

指点花开、水流与程序,以及万古仍将常在的人。

2018.3.9

江　阳

"沐予冠于极浦，驰予珮兮

江阳"。时隔很多年，一个叫江淹的人，
自负地给出他个人对于"江阳"的解读，那时

骈偶方兴，天空中涂满油彩。

人们热衷对举物事的两面，
以故作谦虚的显示有限的自身面对滔滔江水时的
　　从容不迫。

但古老的玄学

有时候也捉襟见肘，江畔，挖掘机毫不迟疑，
抓举起它身下还沾有新鲜

草腥气的泥土,再抛入从远处的山上开采来的青花石料。

2018.3.9

中 东

"中东"是诸多无意义中的一种,它不指称,但
代表一种可能,

你据此展开言说,

与地缘政治无关。那么,含糊的"合成"当中,
丧失了什么,最终又

获得了什么?"这种黑啤酒,只需要

十七欧分一瓶",她提醒我。
 "不过,既然已身处海亚姆的古波斯,
  那我短暂地再逗留

一小刻,顺带核对一下他可疑的四行诗?"

"抱歉,
接待指南上没有这一项。"美得让人屏息的伊朗女导游,

粲然一笑,在手机的"有道"翻译中彬彬有礼。

2018.3.9